Hilda Perera

Cuentos de Apolo

Ilustrado por Enrique S. Moreiro

LECTORUM
PUBLICATIONS, INC.
111 EIGHTH AVE., NEW YORK, NY 10011-5201

Para mi madre

CUENTOS DE APOLO

Text copyright © 1983, 2000 by Hilda Perera
Illustrations copyright © 2000 by Enrique S. Moreiro

ISBN: 1-880507-68-4

Printed in Spain
EDITORIAL EVERGRÁFICAS, S.L.

Library of Congress Cataloging-in-Publication Data

Perera, Hilda, 1926-
    Cuentos de Apolo / Hilda Perera, ilustrado por Enrique Sánchez Moreiro.
    p. cm.
    Summary: A collection of short stories which portrays the hopes, pleasures, and frustrations of a sensitive black country boy who is anxious to learn about the world around him.
    ISBN 1-880507-68-4 (pbk.)
    1. Children's stories, Cuban 2. Blacks—Cuba—Juvenile fiction. [1. Blacks—Cuba—Fiction 2. Cuba—Fiction 3. Short stories. 4. Spanish language materials.]
    I. Sánchez Morciro, Enrique, ill. II. Title

PZ73 .P464 1999
[Fic]—dc21   99-088138

Nota a la presente edición:
Las palabras señaladas con un asterisco
aparecen explicadas en el glosario final.

Capítulo Uno

Apolo vive a treinta y cinco centavos del mar, pero nunca lo ha visto. Cosa rara, ¿verdad? Muchas veces ha oído a la maestra: "Cuba limita al norte, con el Golfo de México; al sur, con el Mar de las Antillas; al este, con..." Bueno, eso siempre se le olvida. Todo aquello es en él un solo deseo: verlo.

Negro, ágil y brilloso, son los dientes lo único verdaderamente blanco en su cara. Al reírse, recuerda a la farola del Morro. Allá junto a la caña, en el bohío*, a Apolo se le tiene por algo grande. Con siete años, es el cerebro de la casa, y la madre está contenta de él y del resto de su prole, como una gallina. También Apolonio siente una secreta admiración por su niño distinto. Apolo pasa la vida preguntando cosas que él no sabe contestar:

—¿Po qué el sol siempre sale po el mismo lao?

—¿Po qué nase una mata grande, si tú na má siembra un cachito?

El padre se rasca el pelo enroscado y mira hacia abajo, junto a su rodilla:

—Dile a Pancha que te dé pan. —Pero no es la suya —y Apolonio lo sabe— hambre de pan.

En aquel retazo de noche, el mar... ¿mar? (Cuba limita al norte, con el Golfo de México; al sur, con el Mar de las Antillas; al este, con...)

Un día va corriendo del bohío al pueblo. El cura, que le da caramelos y catecismo, le enseñaría lo que es el mar. Llega a la iglesia y, dentro ya, siente miedo. Seguramente, aquel silencio audible va a elevarse y a tomar forma. Luego, ese olor extraño, el señor barbudo mirándolo con los ojos fijos... el diablo... la sotana del cura... Quizás Papá Dios lo va a regañar, porque viene los domingos al catecismo sólo a que le den caramelos. Mejor irse. Pero...

—¿Qué quieres, hijo mío? Ya es tarde.

—Padre, ¿cómo es el mar?

El padre Francisco mira también hacia abajo. No, él no puede enseñarle cómo es el mar, porque "el mar es algo inmenso".

—¿Inmenso? —Grande sí, grande es su padre, y la loma, y la iglesia con las dos manos unidas hacia el cielo, rezando.

Después, lo lleva frente a una virgen negra; a sus pies hay algo sólido, azul.

—Mira, Apolo, éste es el mar. Claro, que no exactamente; no es duro como lo ves ahí, sino líquido como el agua que te tomas. A ver, hijo mío, ¿qué más puedo decirte?

Pero el niño no está satisfecho, y vuelve del pueblo al bohío con la cabeza baja, todo betún y brillo. Sobre las calles van apareciendo cuadrados de la luz venida de las casas. Pisándola, Apolo deja atrás la suave intimidad del pueblo.

El niño olvida el mar por un tiempo, pero le dicen de un pescador que va al café los domingos, y quiere verlo. Lo encuentra callado, copa en mano, con los ojos fijos en el ángulo de la mesa. De su pipa sale el humo mareado, dando vueltas. Su silencio es una rotunda advertencia de silencio. Apolo va a decir: "¿Cómo es el mar?", pero las palabras cogen miedo y se le quedan mudas en los labios. Piensa que es mejor dar la vuelta y dejar al pescador, yodo y músculo, con su silencio borracho.

Afuera ya, la luna. Con ella y la noche alrededor, apura el paso. Cuando llega al bohío, mamá Pancha lo recibe toda angustia. Es la segunda vez que se ha ido sin decir adónde. El padre lo mira muy serio. Al verlo, Apolo siente por primera vez que no debió haberlo hecho. Después se va a la cama protestando de no ser grande. La madre entra en la oscuridad del cuarto; pero él, que está molesto, se hace el dormido. Lo regañan y total nada. Nadie le dice cómo es el mar. Ni la maestra, ni el cura, ni el pescador. Entonces piensa en la señora Adela. Apolo le hace los mandados, le lleva el periódico y le riega el jardín. Casi salta de la cama. ¡Claro, ella sabría! Pero Apolonio y el sueño se encargan de retenerlo y arroparlo.

A la mañana siguiente, no lo dejaron ir. El padre quiso que lo ayudara a recoger tomates; después, estuvo lloviendo. Apolo se sentó a la puerta del bohío, vestido de limpio. Cogió una brizna de yerba y empezó a mascarla mientras pensaba, como lo hacía tantas veces, que Dios era parecido al viejito Ramón, o que "tacho*" debía ser algo chiquito. Y, ¿Trinidad? Eso sí que no sabía. ¿Quién era el padre de quién, y quién era el hijo, y cómo?... Bueno, ya le habían dicho en el catecismo que no se preguntaba tanto. Ah... y escarabajo, es-ca-ra-ba-jo es una cosa grande, fiera, con unos colmillos enormes... Sin saberlo, cogió uno que pasaba por sus dedos descalzos; le vio agitar las paticas cortas y alejarse libre y rechoncho, entre las raíces.

En tanto, la tarde, aburrida de fastidiar al niño, bostezó luz. Apolo salió con sus pantalones limpios y sus zapatos sucios. La lluvia había puesto pupilas sobre la tierra. Al pisarlas, Apolo hacía temblar el poco de cielo metido en cada una.

Por fin, llegó a casa de la señora Adela con su cerca enfrente y las florecitas saltando al sol.

Se rió con ellas, y cuando empujó la puerta las bisagras lo saludaron chillando. Miró, dio la vuelta, volvió a entrar, ahora sobre la verja.

Nunca había entrado por el frente. Pero hoy la puerta estaba abierta y pensó que no importaba. Ya dentro, encontró algo nuevo para él. Era negro. Se le acercó, y cuando levantó la tapa,

aparecieron unos dientes blancos, seguidos. ¡Un piano! Uno cantó a la presión de su dedo —a lo mejor me ven—. De nuevo hundió otro y otro y otro, hasta que la salita cómoda, con sus cojines soñolientos, se llenó de estridencias.

En la puerta, sonriendo sobre él, apareció la señora Adela. Al verla, Apolo no se excusó, pero sus ojos abiertos se encargaron de hacerlo. Quiso cortar el silencio antes de que la señora lo llenara con un reproche.

—Bine pa mobé la tierra del jardín, y... pa ber si usté me dise cómo es el mar.

—¿Nunca has visto el mar, Apolo?

—No, si yo entoavía no he ío a la Bana; mi hermano sí que fue.

—Mira, Apolo, mañana voy de compras; puedes venir conmigo y así me ayudas a llevar los paquetes. De paso, verás el mar. Anda, pídele permiso a tu mamá.

Apolo se quedó un rato más en el jardín. Sentía una íntima satisfacción de poder andar con la manguera, quitarse los zapatos y meter los pies descalzos, con los dedos abiertos, en la tierra mojada.

9

Llegaron a La Habana por Luyanó. El cielo, lleno de chimeneas, no era más que un rectángulo sobre su cabeza. Apolo se sentía molesto de la gente, de los zapatos nuevos, del miedo a perderse. La señora, ni le compraba dulces, ni le había enseñado aún lo que era el mar.

—Ya es tarde, Apolo; vamos a coger un carro. —Y atravesaron calles y calles hasta llegar a una más ancha: Belascoaín.

—Déjenos frente al monumento.

Apolo miró hacia el frente y hacia arriba. Sobre una columna blanca, un caballo cabalgando aire; y al fondo, ¡el mar! No oyó algo sobre Maceo* que le decía la señora. Saltó del automóvil; fue hasta el Malecón corriendo, y se quedó estático sobre el muro, con la boca abierta, mientras el viento le hinchaba la camisa. Lejos, estaba el mar azul, callado, con polvo de oro en la espalda, casi sólido. Sobre él, unas goletas se achicaban hacia el horizonte. Cerca, lo veía rugiendo, espuelas de viento hincándolo, canosas las altas crestas de las olas. Se quedó allí mirando fijo hacia afuera.

El agua se iba poniendo gris lentamente. Después quedó toda negra y aparecieron hundidas

en ella luces de la ciudad. Al frente, guiñaba la farola del Morro, y en el mar, la luna hacía carretera. Entonces volvió la espalda asustado, y la ciudad abierta, íntegra de luz, se rió de su miedo.

La señora Adela esperaba a que Apolo metiera en sus pupilas, en su camisa, para siempre, el recuerdo del mar. Pero el niño, que ya estaba cansado, se dirigió hacia ella, molesto de que fuera esta persona atenta, exacta, y no su madre cómoda quien lo estuviera esperando.

Ya en la guagua*, mantuvo los ojos fijos en los árboles, en los postes, en los pueblos iguales y aburridos, que pasaban como sombras, llenos de prisa. La señora lo miraba esperando algo; pero Apolo se obstinaba en su silencio. Se sentía confuso, porque las cosas no son como debieran ser: a su hermano le llamaban Ho-mo-bo-no, y era chiquito; y a aquello tan inmenso que había visto, nada más que "mar". ¡Cualquiera se enreda! Pero tenía polvo y cansancio de la ciudad metidos dentro. Sintiendo que prefería su bohío, el parche verde de la caña, y el surco amigo de la tierra, se acurrucó en un sueño.

CAPÍTULO DOS

La mañana hace un guiño detrás de la montaña. El sol surge lleno de risa y las cosas, envueltas aún en el silencio de la noche, comienzan a bostezar y a desperezarse lentamente. Desde la sombra nacen el bohío, las palmas, el azul del cielo y el verde interminable. Una décima sube estirándose desde la tierra húmeda hasta Apolo, que obstinadamente se esconde en las últimas esquinas del sueño. Se acurruca en el catre, gozoso de su indolencia. En su descanso se meten el ruidillo alegre del agua, el olor a café nuevo, el sonido de las cosas despertando.

—Apooooolo... Apooooolo...

El grito, definitivo, recto, filoso, le entra en el espinazo y lo pone en pie de un salto. Se viste con un pantalón que había sido azul, y lo ajusta a la cintura con un cordel. Después, tomando dos plátanos manzanos, comienza a desnudarlos lentamente. Hoy es día de trabajo y lo mejor es detenerse en cada cosa. De pronto, le surge la idea. El padre seguramente le daría un kilo después de la faena, y apura el desayuno. Sí, le es necesario. Tiene que conseguir quince centavos pronto. Pero, ¿cómo? Ya le había vendido una rana en una caja a Francisquito, el niño del pueblo, ése que siempre tiene los zapatos limpios y que siempre da las gracias por todo. Pero no son más que dos, y él necesita quince. Sale al sol pensando todavía, y algo en la mirada silenciosa de su padre le hace inclinarse a arrancar la yerba, como Eusebio y Juan.

El padre Francisco le había dicho: "Si me sirves de monaguillo, te daré un medio en recompensa, Apolo". ¡Un medio! Pero ponerse saya... monaguillo... mono... mejor dejarlo. Pasa una hora y Apolo no vuelve a pensar en el asunto. El sudor le corre por la frente y da un tono brilloso a su betún. Levanta un instante el cuerpo y se pasa la mano por la cabeza, repitiendo bajito lo que los demás hombres dicen en alto. ¡Si lo oyera su madre...!

Toda la semana había estado con el mismo pensamiento, haciendo cálculos, pero cada día se convence más de que no es tan fácil conseguir quince centavos.

Por fin, se decide. Es temprano aún, y la iglesia está en esa tranquila somnolencia de las primeras horas. Se oyen los rezos subir con el incienso por las paredes altas hasta el campanario, y allí unirse a la conversación de las palomas, al aire fresco, a las arañas silenciosas y pensativas. Apolo sale de la sacristía vestido con saya de encaje. No mira hacia los bancos y, a toda prisa, toma el apaga-cirios, prende un fósforo, y cuando levanta la vista ve a San Antonio que lo contempla con los ojos fijos y se ríe de su indumentaria. En ese instante, Apolo sabe por qué los perros esconden el rabo entre las patas.

Pero no hay otro remedio que seguir. No es posible dejar al padre Francisco, ahora, dos minutos antes de comenzar la misa. Además, tiene que conseguir los quince centavos. Después, aparece la figura del cura y, al verlo, Apolo se

siente sosegado. Si el padre Francisco, que es más grande y más gordo, lo hace...

A las doce termina la última misa. Apolo sale contento de la iglesia y mientras camina va golpeando una piedra calle abajo.

Ya tiene siete centavos. Se detiene, hace un poco de Aritmética con los dedos: sí, le faltan ocho. Bueno, mañana iría a casa de la señora Adela a que le diera una clase. Allí le regalan siempre algo para la merienda. Tendría media hora de paciencia; la cosa lo merece.

—Buenas tarde, señora Adelita, bine pa dar clase.

Se sientan en el sofá de la sala, y la señora se empeña en hacerle saber que unidad es una sola cosa: un cuadro, un zapato, un caramelo: —¡un kilo!— piensa el niño, sin dar muestras de haber comprendido.

—Y si coges doce cosas, tienes una docena, d-o-c-e-n-a.

La tarde entra llena de sol y cae jugando sobre los cojines de la sala. Apolo la mira encuadrada en el marco de la ventana, y siente un impulso incontenible de ir hacia ella. Hoy es día para divertirse con la brisa y el verde y el sentimiento de que se es niño, y se puede cruzar de un salto un charco de la calle. Las nubes, unas señoras anchas, rechonchas, se sientan cómodamente sobre el azul del cielo y contemplan el viaje de las palomas alrededor suyo y el humo que sube lentamente, retorciéndose, gozoso de su regreso.

Apolo quiere ceñirse a las palabras de la señora Adela; pero en su cerebro se mueve una sola idea obstinadamente, como un abejorro en una tarde calurosa. Sólo le llegan fragmentos de una conversación sin sentido: Tierra, redonda, polo, ecuador...

Al fin, la señora se da por vencida. Hay que dejarlo ir.

—Bueno, Apolo, si me prometes seguir viniendo, te daré diez centavos. ¿Prometido?

—¿Pa bení toa la tarde?

—Para venir todas las tardes.

—¿Y lo domingo?

—Los domingos vas a misa.

—¿No e lo mismo que le mueba la tierra del jardín, na má?

Pero Apolo comprende que no hay otra salida y contesta su asentimiento moviendo la cabeza, como para que la cosa no sea demasiado definitiva.

La señora Adela busca en su bolsa y le entrega un real. Apolo lo pone en la palma de la mano; lo mira con una sonrisa de triunfo.

—Grasia; adió.

Y sale corriendo; salta los dos escalones del portal, pisa unas flores y deja la puerta abriendo y cerrándose, quejosa de su imprudencia. Más valía hacerse el desentendido y seguir. De vez en cuando, se detiene, palpa gustoso el frío de los diecisiete centavos y los suena, tan sólo para seguir de nuevo.

Ya llega; es en la esquina. "La Milagrosa", se llama. Apolo, desde la inauguración, que fue la semana anterior, no ha hecho otra cosa que medir posibilidades, actuar de un modo interesado, sacando cuentas siempre; porque para ir necesita quince centavos. ¡Y ya los tiene, ya los tiene! Pero ahí está el chiquito rubio; ése que siempre anda con el perro sato detrás. Apolo prefiere seguir solo. No le interesan mucho los amigos, yendo a donde va.

—Hola, Apolo.

—Hola. —Y sigue aprisa.

—¿Adónde vas?

—Ahí alante...

—Espérame, que voy contigo.

—Igualito que un guisaso* —piensa Apolo, y se hace el desentendido.

"La Milagrosa": allí, en letras rojas. Apolo siente esa presencia del minuto antes. Abre la puerta, mete un pie y la nariz, y ésta se encarga de halar el resto del cuerpo hacia el interior del local. Respira profundamente. Hay olor a limpio, como cuando mamá Pancha coge toda la ropa recién lavada y la pone al sol.

Camina unos pasos y, haciendo un esfuerzo, se eleva hacia una de las banquetas y siente el frío del mármol en su antebrazo desnudo. Los ojos se le quedan prendidos a los carteles que tiene enfrente.

—¿Qué quieres? —Una voz cálida lo saca de su éxtasis. Para contestar tiene que cerrar la boca y abrirla de nuevo. Mudo aún, señala un cartel que le ha llamado la atención especialmente. Luego cierra los ojos como para hacer más corta su espera. La había visto así, sólo en una lámina, coronada de una cosa burbujeante.

—Falta poquito, falta poquito; Virgen de la Caridá, ¡que no venga Guisaso, ni nadie!

Apolo abre los ojos y la ve: erguida, invitándolo, ¡la soda de chocolate!

21

CAPÍTULO TRES

-A pooolo... Apooolo... Es Guisaso, que viene corriendo del pueblo, porque trae noticias. El campo se ríe al verlo: un sólo tirante para su pantalón corto, el sombrero de guano* sobre su cabeza, al galope. Y el pelo amarillo, amarillo... como los ojos y el rostro. Los pies descalzos rompen la silenciosa soledad del trillo. Guisaso siente por Apolo algo distinto, como respeto; es el jefe de la banda y además sabe leer, y a Guisaso eso le parece ¡tan difícil!

A Apolo también le gusta jugar con Guisaso. Es de esas personas cómodas que hacen todo lo que uno quiere sin protestar, y si alguien tiene que llevar la carretilla, o hacer de burro, o quedarse cuando juegan al escondite, Guisaso lo hace gustoso. Nunca se enoja. Y se le puede decir: "Guisaso, haz esto, haz lo otro". Además, Apolo le tiene algo así como lástima. A veces, le guarda un poco de boniato o malanga del almuerzo. Porque está siempre tan amarillo y tan flaco Guisaso.

—Oye, la señora que vive en la casa amarilla va a da una fiesta. Dise que vayas a haserle los mandaos.

La noticia se enciende en los ojos de Apolo. ¡Una fiesta!, ¡una fiesta! Se acuerda de la que dieron hace tiempo... con piñata y caramelos. Salen los dos de prisa para el pueblo; un árbol se ríe cerca y el sol que está allá arriba y el agua del río sobre las piedras.

En el parque está Goyito.

—¿Ya sabes lo de la fiesta?

—Sí, ¿pero dónde?

—En casa de Lolita, la chiquita rubia.

Hasta el pueblo de siempre con sus casas pegadas y las tejas rojas y el fango sobre las calles, tiene cara de nuevo. Allí, en la esquina: Mongo. "La fiesta, la fiesta". (Como las hormigas, diciéndose noticias).

Apolo decide dejarlos; no puede demorarse. Tiene que ir a hacer los mandados. Y se detiene frente a la casa amarilla, más grande que las otras y un poco aislada. La puerta está abierta, y entra. Charo, la mamá de Lolita, está adentro limpiando los muebles. Sólo falta eso, lo demás ya casi está listo: nuevas las flores de la sala que hizo la abuela con papel crepé, lustroso el piano, ya sin voz, y las lámparas. Los tapeticos que había hecho Lolita con las monjas, el curso pasado, sobre las mesas; pintados los muebles del portal.

La señora Charo lo saludó:

—No entres con los pies llenos de fango. Ahora vengo para darte los recados.

Apolo se quedó solo un instante, olfateando olor a limpio, a barniz, a dulces recién hechos. Sus ojos atisban sobre la mesa del comedor el pastel con las velitas. Y arriba, colgando del techo, una piñata de papel rojo, con cintas rosadas. No tuvo tiempo para más. Había vuelto la señora Charo.

—Bueno, ve a casa de las Morales, que hagan el favor de prestarme el mantel de crochet. A Juan, el peluquero, que se acuerde de que tiene

que venir a la una para la permanente de Lolita. Ve a "La Reforma"; le dices a Pedro que me mande tres cajas de Pepsi-Cola, doce paquetes de galleticas y cuatro libras de caramelos para la fiesta de la niña. Que lo apunte para el mes que viene. Si se pone ordinario, te vas a la bodega de lo alto, cerca de la iglesia. Toma estas lentejuelas y dile a Teté, la modista de enfrente, que quiero el vestido para las cuatro, y que el bordado lo haga de crisantemos, como le dije. Bueno, puedes irte ya, y que no se te olvide nada.

Apolo, que atendía con la boca abierta, reaccionó rápidamente.

—Mejor que me lo apunte. —Luego salió corriendo.

—¡Ave María, muchacho, que me estropeas las matas...!

Apolo fue a casa de las Morales, de Teté, la costurera, del peluquero. Pedro se puso "ordinario", como había dicho la señora, y dijo que no apuntaba nada más para el mes que viene, por lo que Apolo se vio precisado a ir a la bodega de lo alto, cerca de la iglesia. Regresó después con los paquetes. Sudaba. Pero estaba contento.

Metió los dedos distraídamente en el cartucho y cogió un caramelo. Chupándolo, se imaginó en la fiesta con Goyito y Mongo, y quizás reconciliado con Francisquito, el chiquito pálido de los espejuelos a quien no dejan reunir con Trucutú ni Mongo ni jugar con el fango que hace la lluvia.

La señora Charo estaba en la puerta, esperándolo.

—¡Por Dios, muchacho, cómo has tardado!

—Apolo comenzó a hacer el cuento de Pedro; pero lo dejaron con la palabra en la boca.

—Bueno, bueno, ya puedes irte. Pero estáte aquí a las dos, por si se ofrece algo. La fiesta es a las cuatro.

El sol en las doce y Apolo, sin sombra, corriendo de vuelta al bohío.

¿Y qué se ponía para la fiesta? Porque no puede ir así, con los pantalones zurcidos. Tiene que decírselo a mamá Pancha.

Después de almuerzo quiso probarse un pantalón que le había quedado chiquito a Eusebio. Apolo, quieto, dejando que le prendieran, sin moverse, con una paciencia inusitada.

A las dos estaba de vuelta. Traía los dientes y los zapatos limpios, la camisa almidonada, las uñas sin tierra.

Fueron dos horas de mandados y advertencias: haz esto, haz esto, haz esto. Y asistió a la rabieta de Lolita, que no quería hacerse la permanente, y al disgusto de la señora Charo, porque Teté la costurera no llegaba. Pero sólo una hora y ¡la fiesta!

Son las cuatro ya. Ahí llega Francisquito. Es el primero. Viene con la madre.

La señora Charo se acerca a Apolo:

—Bueno, aquí tienes; ya puedes irte para tu casa.

Y le entrega quince centavos.

¿Irse? ¡Pero... ¿y la fiesta, y la piñata, y los dulces, y el burro...?! ¡Irse! ¡Si había corrido tanto! Irse...

Luego vino Lolita. Estaba vestida de tafetán rosado, brilloso; el pelo encogido como el de Apolo, con su permanente ya hecha.

—Y cuando pases por casa de Rosita, dile que se apure, que la piñata se rompe a las cuatro y media.

Las últimas palabras le llegaron como desde otro mundo...

Apolo se iba alejando, triste, hacia el bohío...

¿Por qué, por qué a Francisquito sí y a él no?

Y metió su mano negra, negra, en el bolsillo del pantalón.

CAPÍTULO CUATRO

polo está de fiesta hoy, sin saber por qué. Claro que hay sol, y que la piel es nueva, pero no tiene un motivo exacto, preciso, que justifique su júbilo. El cielo, estirado allá arriba, se ve cómodo, azul, interminable. Apolo lo mira y está contento. Como de ver las palmas y de sentir sus músculos respondiendo a la llamada de su carrera. ¿Será que viene Cachita, la prima de La Habana? Cachita es dos años menor que Apolo, pero tan negra como él. Apolo la cree bonita. Es que se siente fuerte al lado de ella. Es que puede estirar el brazo y ayudarla a pasar el río. Además, Cachita le tiene miedo a las lagartijas, y a Apolo le produce tal sensación de orgullo coger una por el rabo y decirle: "Si no ase na. Cachita, si no ase na" y verla con los ojos abiertos de miedo y admiración. Luego, a Cachita le trenzan el pelo y le ponen unos lacitos rojos en las puntas; y como no viene casi nunca, no tiene tiempo de aburrirse de ella. ¿Será por eso que está contento? ¿Contento de que venga la prima Cachita? Y corre por el camino, que va rápido bajo sus pies, porque hay sol fuerte.

Apolo tiene ganas de aventura hoy. Pero hay que ir a la escuela y oír a la maestra. Bueno, estando tan alegre, ni eso le importa. ¿Qué tendrá la maestra que luce tan vieja? Claro que lo es, piensa Apolo; ¡con treinta y cinco años...! Aunque él conoce otras más viejas, como su bisabuela Chacha, que fue esclava y se sienta aún, por las noches, llena de humo la cabeza blanca, a decir sus cuentos de cuando era joven. No, lo de la maestra es distinto. Apolo tiene lástima de ella, y cree que si alguna vez se quitara las medias gordas y los zapatos de tacón bajo y metiera sus pies en el agua fangosa del río, estaría más contenta.

O, quizás, si se soltara el moño y dejara el pelo así, suelto. Que el sol pusiera color en sus manos blancas, en su cuello delgado. Sí, eso es lo que le hace falta a la maestra; pero ¡cualquiera se lo dice! No, mejor no ir a la escuela hoy. Otro día. Total, si siempre es la misma cosa. La lista: Apolo, Auritela, Didímea, Sebastián... La misma lista todos los días. El mismo muñeco en el pupitre. A Apolo le gusta la Geografía. Pensar que hay otros mundos más allá de su tierra y su bohío. A veces, se va de viaje por ellos. Al África, a China, al Polo, donde todo es blanco. ¿Cómo será la nieve? La nieve... (la nieve, Apolo —te lo digo yo— es como el silencio, es la luna rota, es espuma de mar sobre la tierra...) Allí se vive en unas casas de hielo... Y hay niños como él. Y los del Polo Sur están con la cabeza hacia abajo. Ya le han explicado que no es así, pero nadie ha logrado convencerlo. Casi siempre la voz de la maestra lo trae de sus viajes y lo sienta bruscamente en el pupitre de madera.

Bueno, ¿qué haría hasta las doce? A las doce llega Cachita, y hay que ir a recibirla. Apolo se lo ha dicho a sus amigos. Porque eso de que sus tíos vinieran en tren, era cosa que debía decirse.

Todos acordaron ir a esperarla. Luego, su madre lo había llenado de advertencias: "Tienes que portarte bien, Apolo; como si fueras un hombrecito. Date cuenta que no es un muchacho, sino una niña, y más chiquita que tú. No la vayas a subir a la mata de mango. Acuérdate lo que pasó el año pasado". Hacía tanto tiempo que Apolo no se acordaba. El año pasado... Entonces no tenía más que siete años y la cosa era distinta.

Las once solamente. El tiempo iba tan lento que parecía detenerse en la sombra de cada árbol a coger fresco.

Cachita llegó por fin en el tren de las doce. Con ella, la tía Etelvina, madrina de Homobono.

Fueron a recibirla: Apolo, a la cabeza del grupo, y Guisaso, el pobre Guisaso con su pelo amarillo como maíz de tierra mala, y Trucutú, y Mongo y Goyito. Todos de pie, con cara de ceremonia. Cachita los vio primero desde el tren y saltó luego a tierra. Venía con su vestido rojo de cuadros y los lacitos de siempre. Estaba más alta.
—Las piernas, pensó Apolo, como el potrico de Juan.

Al principio era cosa nueva esta Cachita. "¿Quieres ir a pescar, Cachita?" "¿Vamos a coger

33

mamoncillos, Cachita?" "Ven para que veas el bate nuevo de Monguito y los cocuyos que cogió Guisaso". Después, en sesión solemne, la Banda Negra de los Matasiete acordó la admisión de un nuevo miembro: María de la Caridad Parajón y Cañizares, más conocida por Cachita. Se la inició en el "gran secreto", y le fue facilitado el mapa del lugar donde se guardaba el tesoro: una mandíbula de buey, doce bolas de jugar al chocolongo*, botones y cohetes.

Pero, después, fueron pasando los días. Apolo no podía salir a jugar con sus amigos, porque Cachita iba siempre detrás de él. Era como si le hubiese nacido una sombra nueva. No podía trepar la mata de mango, porque "se puede lastimar Cachita". Ni meter, como antes, los pies en el agua fangosa del río, porque "Cachita puede coger un catarro". Ni subir a la loma, "porque Cachita se cansa", ni saltar encima del potro bayo, ni ir al galope, porque "Cachita le tiene miedo a los caballos".

Además, a Apolo le gusta estar solo. Que lo dejen quieto. Salir al campo y ponerse a mirar las nubes. Y Cachita no sabe estar callada, y cuando Apolo le dice que las nubes parecen pompas de jabón, lo mira sin comprenderlo. Y le pregunta, seguida, incansablemente: "¿qué es eso?" "¿pa qué sirbe?". ¡No saber lo que es una yunta*! ¡No saber para qué sirve un arado! Y sobre todos los agravios: ¡aquél del viernes último...!

Están Apolo y Cachita a la sombra de la ceiba vieja, a un costado del bohío:

—¿Quié jugá a la muñeca?

—Si quiere, al chocolongo.

—No, Apolo, a la muñeca.

—A la tabla de maní picao*.

—A la muñeca, Apolo, anda...

—¿Al chicote econdío*?

—Apooolo... ¡complace a tu primita!

La voz viene desde el bohío, desde la tía Etelvina.

Apolo, protestando, coge la muñeca rubia.

—Duémela, Apolo...

—¡Niño, complace a tu primita!

Apolo se sintió cantando: "Duémete mi niña, duémete mi amor..." De pronto, la voz se le escurrió y quedó boquiabierto. Delante de él estaban los de la Banda Negra de los Matasiete: Guisaso, Mongo, Goyito y Trucutú, que habían venido en busca de su jefe.

CAPÍTULO CINCO

Para Apolo, hace una semana, es como si le hubieran encendido una lumbre dentro; luz tibia que lo lleva a ser bueno. Hoy la siente más que nunca, y mira el vuelo alto y silencioso de dos auras, cuando va camino al pueblo. Querría haber subido como ellas y estar junto a las nubes, en una región distante. Ver abajo el pueblo pequeñito, con sus columnas de humo, y el trillo viajero cortando el campo amigo. Oír el viento, y la lluvia, agua sonora, triste... Conocer la aurora, que recoge el azul del mar, el rojo de los geranios, el malva de las viñas, el gris del humo, que es la tristeza ascendiendo... Y va camino abajo. Cerca, dos hormigas se saludan secreteando y siguen después con su prisa hacendosa de siempre. Apolo detiene el pie homicida y las deja en su viaje.

Mamá Pancha se pregunta qué es esto que pone diligencia en Apolo cuando va a los mandados. Y el cura, noticioso del cambio, se alegra de sentirlo atento en misa.

Así pasan los días. El niño deja sus travesuras de siempre; da a su tira-flechas una semana de descanso, no mete los dedos en los dulces de mamá Pancha, ni le saca la lengua a Francisquito. Nada, una quietud perfecta. Es casi como estar medio muerto. Pero bueno —suspira de alivio— ya no quedan sino dos días. Es pasado mañana.

Las damas de la Acción Católica le han dicho que vaya a ayudarlas en el arreglo de la iglesia. Apolo piensa que con eso Papá Dios quedará enteramente satisfecho, y va. Dentro, el olor a incienso de siempre, y San José en una esquina y las velas, como estrellas humildes en la pequeña noche de la iglesia. Barre las naves, sacude uno a uno los bancos de madera, limpia las flores de papel de china, como lo había hecho tantas veces antes, ganoso de alcanzar su recompensa.

Ya no queda sino un rato, Apolo; es por la noche, por la noche. El padre Francisco le había dicho que tendría que ser bueno, y él lo ha sido. Sólo... que no quiere incienso, ni mirra, ni oro... sino un par de patines, como los de Francisquito. Ya tarde, regresa al bohío. El cansancio le hace ir despacio. Oye en la noche un grillo artista, haciendo serenata. La luna rota, a través de la ceiba, pone hojas de luz y sombra sobre la tierra.

¿Ves esa estrella, allá lejos, blanca, única, como una lágrima que se hubiese hecho eterna...? Guiados por ella viajan; anda, ve y duerme.

Apolo le da un beso espontáneo a mamá Pancha y le pide la bendición a Apolonio, que saca sus pensamientos del tabaco y los entrega a la noche, hechos humo. Después se arrodilla a rezar un Padre Nuestro; pero el sueño ateo le cierra los ojos. Y se acuesta pensando, después de dejar una carta escrita y agua en una lata, por si los camellos vienen con sed. La noche le entra por la ventana abierta. Una noche madre, silenciosa...

El sol apenas fuera, y Apolo salta de la cama. ¡Ey, qué bueno! —En sus nervios, fiesta—. La curiosidad, hecha una caravana de hormigas, le viaja por dentro.

—¿En los zapatos, Apolo?

—En los zapatos, nada.

—¿Entonces, debajo de la cama?

—Nada.

—¿En el cuarto de mamá Pancha?

—Nada.

—¿En la cocina, en el colgadizo, debajo de la ceiba, en el campo?

—¡Nada, nada, nada!

Capítulo Seis

No, Apolo no tiene una vida sola, tiene dos: una es la de afuera, la de hacer mandados, cuidar a Homobono, ir al colegio; pero ésta casi no cuenta, porque se parece a todas. La otra sí es verdaderamente suya. Una la vive siempre; es obligatoria desde el amanecer hasta el sueño. La otra no, la otra la vive a ratos, cuando quiere, y estar en ella es como ir a unas vacaciones en sí mismo.

Cuando le dice a los de la banda que su abuelo era un rey allá en África, y que tenía una corona hecha con plumas de gallo fino y un tesoro escondido debajo de un cocotero, Guisaso lo cree a veces, porque es amigo suyo, pero Mongo lo mira con cara de escéptico y le dice: "Apolo, tú lo que mete ma guayaba*". Lo mismo le ocurre cuando cuenta a la maestra que Apolonio, su padre, fue cazador de leones. Hasta la señora Adela le dice: "Apolo, los niños no deben decir mentiras". Pero es que no son mentiras, es todo tan de veras como el sol.

Por eso es mejor vivir esta vida solo, en sí, íntimamente, jugar en ella, detenerse en ella: al amanecer, cuando hay soledad olorosa sobre el campo; o cuando la luna nace redonda como un sol junto al horizonte y se va poniendo pálida en su ascenso, hasta que se hace blanca y queda así, distante, inasible, viajando en el silencio de la noche...

Entonces construye la vida que le place, con las cosas que ha soñado, con los libros de aventuras, con tonos extraños, como los de un geranio tostándose al sol. Y andan en ella indios, caníbales, piratas.

Aquí no hay nadie que le advierta: "Apolo, los niños no dicen mentiras". Sólo tiene, en este mundo, un amigo: Serapio. Apolo habla con él y hasta lo ve caminando al lado suyo. Serapio,

hecho a la orden en la mente de Apolo, porque necesita a alguien con quien compartir su vida imaginaria. A veces le duele que Serapio no exista así, objetivamente, como un cedro.

Un día lo sorprendieron hablando solo y se burlaron de él. Pero no hablaba solo; era con Serapio que hacía trampas jugando al chocolongo.

Hoy sale temprano a hacer los mandados. Se respira sobre el campo el renuevo del día. No quiere ser ahora este Apolo de cuatro pies y dos pulgadas de estatura, hijo de mamá Pancha y Apolonio, que se sienta en el primer pupitre de la izquierda, en una escuelita pequeña, de un pueblo insignificante; sino Capitán Apolo, capa negra, sombrero de pluma, puñal al cinto... "Ben, Serapio, bamo a rescatar a la muchacha que está amarrada a la palma". Apolo la ve claramente. Es mezcla de Cachita y de la joven que sirve los helados en "La Milagrosa". "Bamo, ¡al asalto!". Los indios están en cerco, con las caras pintadas. Pero Capitán Apolo lucha cuerpo a cuerpo. "Bamo, Serapio, ¡no te quede ahí tieso!". Por fin, los indios huyen, y Apolo, el gran Capitán, envaina la espada y desata a la cautiva que le ofrece, sonriente, una soda de chocolate...

Ahora, pasa debajo de una ceiba de ramas anchas que contiene el cielo. "Más vale que me apure". Pero sigue soñando...

O si no, ser bateador del Almendares*. (Apolo oía los juegos con Mongo y Trucutú y Goyito en la bodega de Pedro).

"Atención, amigos oyentes: segunda mitad del noveno *inning*; al bate Apolo. El pitcher coge la seña; da vueltas al brazo. ¡Ahí viene! ¡Es un lineazo a lo profundo del *left field*! ¡Sagüita persigue la bola desesperadamente! ¡Apolo le está dando la vuelta al cuadro! ¡Se tiró en *home*! ¡Ha anotado la carrera decisiva para el Almendares! ¡El público se lanza al terreno! ¡Ahora llevan en hombros al primer bateador de la temporada: al gran Apolo Fernández y Cañizares!"

De súbito, le viene el recuerdo de mamá Pancha, de los mandados que había salido a hacer.

A su regreso, Apolo se detiene a la orilla del río. En el agua ve un negrito chiquito, con los ojos abiertos. Un negrito chiquito, sin importancia, que lleva dos kilos de azúcar y cinco de frijoles, encargo de mamá Pancha.

Capítulo Siete

Llueve y caen sobre el paisaje verde de siempre hilos de una tristeza infinita, de voz sonora, que repiquetea sobre los tejados. Las grietas de la tierra tienen fiesta y se forman sobre las calles charcos de agua fangosa. Es una tristeza larga, aburrida, lenta, que se ciñe sobre el pueblo y opaca el rojo valiente de la tierra, y el verde de los árboles y la alegría de Apolo, que siempre anda despierta. Hoy está triste. Lo ha estado desde hace varios días. Y va y viene del pueblo con la cabeza baja, como si su azogue se hubiese aquietado para siempre. "¿Qué tiene?", pregunta la madre; "¿qué tiene?", pregunta Apolonio. "Sí, ¿qué tiene?", responden el padre Francisco y el río y la torre de la iglesia y las campanas. Pero Apolo calla y su silencio se siente como una ausencia. No, no es en sí que haya muerto una semana antes doña Amelita, la madre de la señora Adela, sino que él nunca había visto un muerto. Nunca... Y mamá Pancha le había dicho: "Tienes que ir... Era tan buena con los niños..."

Apolo había ido. Se sentó en una esquina, aparte, sin saber qué hacer. Allí, también, los de la banda; pero no tenían sensación de unidad, cada uno andaba por su lado, metido entre la gente... Y Apolo se quedó mirando a las damas de la Acción Católica, que rezaban los rosarios, uno tras otro, en un susurro monótono... *Kyrie eléison, Christe eléison...* Un olor a gardenias llenaba la salita. Las mismas, observó Apolo, que aparecían sobre el campo, brillando al sol. Las mismas, apretadas, olorosas, presas en el velorio. Luego, de vez en cuando, la señora Adela se levantaba para abrazar a una amiga y comenzaba de nuevo un lloriqueo desagradable.

No, a él no le gustaba estar aquí. Tenía unos deseos inmensos de salir fuera, irse lejos... Pero se quedaba quieto, quieto, quieto.

Por fin, ya tarde, vino mamá Pancha a buscarlo.

—Vamos, Apolo, despídete de la señora Adela.

Tuvo que acercarse a la caja, y cerró los ojos. Pero, al irse, algo de curiosidad le hizo abrirlos, y allí estaba, quieta, amarilla, con una sonrisa estática, doña Amelita.

Apolo salió a la noche. Tenía una especie de alivio en saber que mamá Pancha estaba a su lado, caminando de regreso al bohío.

Eso fue hace unos días; pero Apolo se quedó con la idea fija en la mente. Luego, el jueves, ya tarde, Guisaso cayó enfermo con una fiebre rara... "Sí, le pasaría lo mismo que a doña Amelita", pensó Apolo cuando se lo dijeron. "Mejor no pensar en eso. ¡Oh no, no pensar en eso! Mejor dejarlo todo. Irse a la cama". Pero las sombras se acostaron junto a él y le murmuraban temores en el sueño.

—Apolo, Apolo... Es mamá Pancha.

Apolo la ve un poco distante, como llena de canas la cabeza. Está más vieja, y viene secándose las lágrimas con el delantal de siempre. Después lo mira con los ojos fijos: Apolo comprende. "Sí, Guisaso ha muerto. Así, amarillo, pálido, quieto, como doña Amelita".

Tienen que ir todos los de la banda al entierro, allí, debajo de la cciba. Mongo y Trucutú y Goyito, y el cura Francisco, para decir los rezos. La fosa está abierta ya; la caja es larga, de madera.

—Adiós, adiós. Guisaso, quieto, pálido, amarillo... ¡Qué olor a vela y a gardenias...!

Kyrie eléison, Christe eléison... Kyrie eléison.

Apolo sintió una pena profunda, afilada.

Y despertó:

—¡Mamá Pancha, mamá Pancha!

El sueño, que lo había estado molestando, salió huyendo.

Pasan los días, y hoy... ¡ey!, que salió el sol. Sol: luz, vida, fuerza, alegría de Apolo. Un árbol ríe cerca y las palmas y el fango sobre la tierra.

—¡Apooolo... Apoooolo!

¡Qué fiesta de prisa tienen las hormigas! El álamo mece su alegría verde. Y la ceiba pone una mantilla fina, larga, sobre la tierra roja.

—¡Apoolo, Apoolo...!

Sí, es Guisaso...

Es Guisaso que viene más alto, más flaco, más amarillo...

Capítulo Ocho

"¡Ey! —Apolo piensa— ¡que yo soy el negrito más importante que hay en la Tierra!" Esas cosas no se dicen, claro. No se dicen. Pero ¡ay!, cómo se sienten... No, así en una frase con sujeto y predicado, no; pero cuando es una sensación ancha, plácida, rápida, inconsciente casi, ¡cómo pone euforia en los ojos! Y más, cuando hay un airecillo de domingo cabalgando en el sol de la mañana; cuando es día de fin de curso, y una semana antes lo ha llamado a uno la maestra y le ha dicho:

—Apolo, quiero que te aprendas una poesía para la fiesta. Pero no se lo digas a los otros. Ya tú sabes cómo se ponen. Todos quieren hacer algo.

Sí, y se pasa uno la semana junto a la ceiba: "Cultivo una rosa blanca en julio como en enero..." "Cultivo una rosa blanca en julio como en enero". Y además, cuando se estrenan unos zapatos, así como los que tiene puestos, donde se reflejan las palmas al revés, y donde aparecen a cada instante punticas de sol.

Y que la fiesta no es de cualquier cosa. No, que va la Banda Municipal, y el Alcalde. Y en el programa está también la señorita Magali Rodríguez Peña, que va a tocar la Serenata de Schubert. Y Francisquito viene practicando no se qué en el piano, desde hace un año, para tocarlo ese día. No, no es cualquier cosa la fiesta. Y luego, todos, al final, iban a bailar un minuet. Lo habían ensayado varias veces. Las niñas, con unas pelucas de crespos rubios y trajes anchos, de tela brillosa. Los zapatos que llevaban eran los de siempre, con escarpines blancos. "Pero bueno —había dicho la maestra— eso casi no se ve".

Arreglaron el local del colegio: al frente, dos banderas en cruz, con el retrato de un señorón en el ángulo. Apolo no sabía quién era. Pero tenía un aire muy digno, con su

bigotazo. —Seguramente, pensó Apolo, le estaba muy bien aquel puesto.

Y hoy es la cosa. Por eso se levantó temprano: el sol rayando en la loma. Tenía que practicar su parte. No olvidarse de nada. Ni una sola palabra. Ni aún la parte en que decía: "Cardo ni oruga cultivo..." Pensó Apolo rascándose la cabeza: "¿Qué quería decir eso de 'cardo ni oruga' cultivo?". Pero iba contra su dignidad el preguntárselo a la maestra, después de que le habían confiado la empresa.

Y Apolo repetía: "Cultivo una rosa blanca en julio como en enero", con aire señorial, debajo de la ceiba, o en el colgadizo, o en el costado del bohío, donde no lo viera nadie. También probó a mirarse en el poco de espejo que tenía mamá Pancha sobre la mesita del cuarto.

No podía fallar. No con los zapatos nuevos, y el aire eufórico de domingo que andaba gozoso por la mañana.

A las nueve comenzó la cosa. Estaban Mongo y Trucutú y todos los de la clase, vestidos de limpio.

Después del himno, habló el Alcalde. Que si el honor de hablar allí, que si él no quería hablar, pero su estimación por la escuela y la amable insistencia de la incansable y atenta señorita Acosta. Luego, entró en el tema de la patria. Que si cada uno tenía su puesto. Que el de los niños era allí en la escuela, forjándose para un futuro más alto. Que si una "fragua de espíritus". Apolo no entendió bien eso. Y perdió la atención porque no le parecía a él que una cosa tan aburrida como venir todos los días a la escuela y hacer multiplicaciones kilométricas y aprenderse de memoria poblaciones de Cuba, y oír a la maestra: "los niñitos, esto", "los niñitos, lo otro", tuviera nada que ver con el destino de la patria.

No, para él lo único que valía era la cuestión de los mambises*, como los retratos que había visto: a machete limpio.

Volvió de nuevo la atención a su sitio. El Alcalde está diciendo que no quiere fatigar la paciencia de sus oyentes. Busca el modo de terminar. Apolo se entretiene mirando a la gente: el sombrerito que había llevado la mamá de Lolita; era todo de paja amarilla, con flores y velo. Y la cara de satisfacción de una señora gorda —la esposa de Pedro, el de la bodega—

sentada en primera fila, con papada y todo. El pobre Alcalde seguía, afanoso de un final, dando vueltas a su vocabulario, haciendo anáforas, retruécanos, asíndeton, aliteraciones: todo lo que había aprendido en la Preceptiva, el segundo año de Bachillerato. La gente estaba empezando a demostrar su impaciencia. Las sillas chillaban de aburrimiento. Apolo fijó de nuevo la atención. Era algo como: "¡para siempre, en los anales de la libertad!" El Alcalde se apoyó en un enfático: "He dicho". Y salió sudando del apuro.

Después, vino la Serenata de Schubert, de la señorita Magali Rodríguez.

—Continúa el programa, señoras y señores —habló la maestra— con el inteligente y aplicado niño, hijo de los apreciables esposos señor Francisco de la Fuente, conocido comerciante de esta localidad, y su esposa, la gentil dama, Carmelina García.

—A ver, Francisquito, sube al escenario. Francisquito nos va a deleitar con el minuet de Paderewski. (Inocente, sufrido minuet de Paderewski). La satisfacción, de cuerpo presente en toda la familia.

Ya falta poco, ya falta poco. Apolo sintió algo por dentro como frío. Las orejas se le pusieron calientes.

—Ahora, el simpático Apolo Fernández y Cañizares nos va a recitar "La Rosa Blanca", de José Martí.

Apolo se levantó muy decidido de su sitio y fue a pararse en medio del escenario. De pronto, vio todas las caras delante de él. Un silencio que había que llenar lo apremiaba, situándose sobre la sala. Pero no pudo hablar. Era algo superior a sus fuerzas. No, no podía, no podía. La maestra, desde una esquina, susurró... "Cultivo una rosa blanca..."

Apolo cogió las líneas y abriendo la boca dejó salir a toda prisa, sin comas, sin puntos en su voz: "Cultivo una rosa blanca en julio como en enero para el amigo sincero que me da su mano franca". De pronto, se dio cuenta de que estaba llevando el compás con los dos brazos, a ambos lados del cuerpo. Y terminó, ya más seguro. Hasta se permitió levantar la voz en el último verso.

Hubo aplausos.

Terminó el programa con el minuet que bailó toda la clase. Apolo no entró en ese número. "Mejor recitas", le había dicho la maestra.

EN JULIO COMO EN ENERO
CULTIVO UNA ROSA BLANCA

PARA EL
AMIGO SINCERO
QUE ME DA
SU MANO FRANCA

—Adiós, señorita, la felicito. Ha quedado preciosa la fiesta.

—A usted también hay que felicitarla, señora. Francisquito es una verdadera promesa.

—¿Usted cree?

—¡No hay más que verle la técnica!

La señora, que se sintió condescendiente, dijo mirando a mamá Pancha:

—¡Qué bien estuvo Apolo!

Y hasta el Alcalde le sonrió a la salida.

Van todos de vuelta al bohío. Pero Apolo ya no se siente como antes. La importancia se le quedó allá en la fiesta. No le parece que haya airecillo de domingo sobre el campo. Y no sé, no lo había notado antes, pero le quedan tan estrechos, tan molestos, los zapatos de charol...

Capítulo Nueve

Mamita, ¿quiere que te ayude a fregar lo plato?

—¡Uhm! Este huevo quiere sal... Sí, como no, ahí los tienes.

Eso fue ayer, a la hora del almuerzo. El resto del día Apolo lo pasó en la misma actitud. Estaba preparando el terreno, porque el jueves estrenaban en el cine del pueblo *La revancha de los vaqueros*, la serie completa de los doce episodios. La banda había decidido ir a verla. Costaba un medio la entrada. Mongo lo había conseguido limpiando zapatos. Trucutú, guardando durante una semana los dos kilos que le daba su mamá para la merienda. Guisaso no lo tenía. Goyito se los pidió a la señora Adela; y Apolo se estaba valiendo de la diplomacia.

Pero llegó el miércoles y nadie había recompensado sus esfuerzos. Era asunto de variar la táctica y pronto. Mejor así, directo.

—Mamá Pancha, dame un medio*, anda.

—¿Para qué quieres tú un medio, muchacho?

—Porque el jueves echan *La revancha de los vaqueros* en el cine. Ponen los dose episodio. Mira, vienen los indio así: trucutún, trucutún, trucutún, montando a caballo. El bueno les hace paf ñiaaaa... (Apolo pensó que con la armonía imitativa la cosa sería de más efecto).

—¡Ay, muchacho, déjame tranquila, no metas más ruido!

Apolo estuvo quieto un rato. Pero vino la tarde. Y todavía, nada.

—Oye, mamá, dame cinco kilos para ir al cine. Anda, vieja..., vieja, anda...

Hay que vencerla por agotamiento.

Luego, se le metía en el trajín:

—Mamá, los cinco kilos.

Por la noche, antes de acostarse, y por la mañana, a todas horas:

—Vieja, anda, el medio para ir al cine.

Por fin, la resistencia de mamá Pancha llegó al límite. Y como estaban a principios de mes:

—Vaya, muchacho, vaya, aquí los tienes. No fastidies más.

Apolo salió corriendo. Era a las cuatro. Se iban a reunir en la esquina del parque. Allí están todos. A Guisaso lo metieron "colado*".

Al entrar, la noche invadió la pupila de Apolo, que venía del sol. Se sentaron todos en la misma fila. La cosa empezó por fin.

La revancha de los vaqueros. Apolo se sintió transportado a un mundo diferente. Allá en una aldea del oeste, todo gris. Fangosas las calles. Alguien, con cara de pocos amigos, recostado a la entrada del café.

En el primer episodio se arma la pelea. El bueno sale con una herida en la pierna. Nada de importancia.

En el cuarto, van persiguiendo a uno que robó ganado. Son tres buenos, veinte malos.

—¡Huye! ¡Que son muchos!

Pero el bueno logra evadirlos y vuelve con los otros al pueblo.

En el siete se salva de la venganza de los malos tirándose desde lo alto de una loma.

—¡Se mata! —dijo Guisaso.

Pero estaba equivocado.

En el nueve, lo persiguen los indios de cerca, y las flechas cruzan silbando. Ninguna lo alcanza.

—¡Húyele! —repetía Apolo sofocado.

Está en el borde del asiento. De vez en cuando se queda quieto en la atención, para comenzar de nuevo con los gritos:

—¡Corre, corre, corre...!

Pero la cosa no está perdida. Viene por detrás, allá en el horizonte, una nube de polvo.

—¡Es un refuerzo, es un refuerzo!

Ya en el episodio doce eran como las ocho de la noche. El bueno se casa con la muchacha y lo nombran *sheriff* del pueblo.

Salen todos de la noche del cine, a la del cielo, hablando de la película.

Y Apolo regresa al bohío.

Al otro día se levanta sigilosamente, busca un sombrero viejo que tenía Apolonio, se lleva la soga de la tendedera para hacer un lazo. Hace unas polainas con dos revistas viejas. Después, monta el potro bayo* y va, con aire de vaquero, en busca de la banda...

Mamá Pancha lo mira desde la ventana del bohío y vuelve a sus quehaceres, susurrando:

—¡Ave María, muchacho, pero qué clase de punzada tienes*!

CAPÍTULO DIEZ

Guisaso es huesudo, amarillo. Goyito, redondo, negro y lleno de risa, Trucutú, macizo como un muro de piedra. Mongo, hecho de líneas rectas y mal hablado. Apolo, azogue, ojos en chispa y movimiento. En música sería una semifusa. Todos forman la Banda Negra de los Matasiete desde hace un año. Apolo es el jefe, claro; fue él quien dio la idea.

—¿Bamo a asé una banda? —había dicho.

Desde aquel día la Banda Negra de los Matasiete es algo sustancial en su vida; lo que le da sensación de intimidad a su ser. Es mirar a Homobono por arriba del hombro y decirle: "No; tú no puedes ir. Cuando seas grande, si acaso". Es sentirse jefe: "Guisaso, haz esto, haz esto, haz esto".

Y ahora, ahora hay que dejarlo todo, y duele. Duele a pesar de que el día esté en pie, como un joven, respirando verano; de que el sol haga lustroso el verde de los álamos... Sí; duele, pero mejor no pensar en eso.

Apolo se va de visita por su mundo de antes, ése que no existe ya más que en sí mismo. Ése, que no es sino un lugar en el tiempo: su recuerdo. Parece como un cine de adentro, donde no es obligatorio este sol amarillo que ahora le entra por las pupilas; allí casi todo depende de él, de su deseo.

Aun antes que recuerde lugar o persona, le viene una ancha sensación de cosa grata, íntima, suya, y se regodea en ella. Después, se ve hace un año, debajo de la ceiba, cuando vino Mongo con una jerigonza que le enseñó su tía. Y el domingo siguiente a la entrada de misa, todos diciéndole en voz baja a Francisquito: "Chi-bu chi-rro chi-zo chi-pen chi-co chi-pe chi-da chi-zo chi-de chi-a chi-ni chi-mal..." Luego, el silbido que inventó Trucutú para uso exclusivo de la banda, un silbido de: "Cuidado, que ahí viene alguien".

Apolo respira. De hoy le llega el olor de todas las yerbas, de la mejorana, el romero y la albahaca; el olor amplio del campo. Así olía la tarde que se les ocurrió poner negocio. Los cinco a la puerta de la escuela. Sobre un barril, la cazuela vieja que prestó la abuela de Guisaso, y dentro limonada turbia, hecha por todos: "a kilo el vaso".

Y el día de Nochebuena... A Francisquito le regalaron un chivo con su carretón rojo, y lo paseaba frente a Mongo y Trucutú y Goyito, todos con cara de "préstamelo". Pero Francisquito metía la nariz en el aire del parque y seguía dando la vuelta... Hasta que tuvieron con él una pequeña discusión. De ella salió Francisquito con un ojo morado y Trucutú, victorioso, llevando el chivo hasta la ceiba para uso de la banda.

El recuerdo puso una casi sonrisa en los labios de Apolo. ¡Y cuando se robaron el paraguas grande que había sido del abuelo de Mongo, para salir de excursión un día con amenaza de lluvia! Apolo fue el de la idea. Le gustaban tanto las cosas como los espejuelos, los paraguas, una brocha de pintura.

Sí, meterse debajo de un paraguas era como tener casa propia dentro del mundo. Y ver la

lluvia cerca, cayendo, y sentirse solo frente a ella, aislado, lejos; la lluvia, la lluvia, la amiga lluvia... Y con todo esto, Apolo cae de lleno en el presente; en el hoy, ahora, aquí.

—¡Hay que dejarlo todo! Irse...

Apolo mira hacia arriba. El sol le hiere verticalmente los ojos y tiene que cerrarlos. Después, cuando mira de nuevo al campo, ve soles pequeñitos sobre las palmas, sobre la ceiba, sobre la figura de Guisaso, que viene por el trillo.

—Hola, Apolo, me dijeron que te vas...

—Este Guisaso, que todo lo sabe, que todo lo pregunta. ¡Mecachis!

Apolo no dijo como mamá Pancha: "Hijo, hay que dirse"; ni que la comida de ayer había sido café con leche.

—Sí, no bamo pa Piná del Río. —Y luego, con cara de importancia—: A la finca que tiene mi papá.

—Ah sí, ¿dónde?

—Ete que, ete que, no me acueddo bien...

Capítulo Once

Apolo tiene una pena adentro. Tan pequeña, que cabría en el puño cerrado de su mano negra; pero está ahí, constante, irremisiblemente. Su pensamiento gira con la brisa alrededor de las copas de los árboles, o va riéndose con el río, pero cuando la luna está quieta y pone silencio en la altura de la palma, Apolo siente dentro la pena, la pena.

Había que dejar el bohío: "Nos vamos el jueves".

El ingenio cesó en su empeño de oscurecer el cielo con su humo espeso y silenció su ruido. Era la huelga.

Apolonio se mantuvo en su puesto un mes. Ya apretaba el hambre y Eusebio, Juan y Apolo y

Homobono, estaban en derredor suyo, apremiándole. Sí, había que irse; pero Apolo estaba afincado a su cuadrado de tierra, a lo ancho y largo del bohío, a la medida exacta de su luz, a las telas de araña, que balanceaban su geometría en las vigas chillonas.

Además, el río para meter los pies llenos de fango y la torre de la iglesia, y las palomas saludando a la tarde con sus pañuelos blancos. No, no podía irse, no podía dejar todo aquello, porque sería como dejarse a sí mismo. Tiene que hallar el modo.

—Apolo, ve recogiendo tus cosas. —Mamá Pancha sabe de las mil que querría llevarse: la rana que devolvió indignada la madre de Francisquito; las tuercas, los cordeles y alambres de sus bolsillos, la mandíbula de buey que guardaba debajo de la ceiba. Apolo se resiste a hacerlo. Es como si con ello acelerara su ida y hay que detenerla aunque sea moviéndose menos, dejando de correr, poniendo lentitud en sus acciones, ya que no se puede detener el día.

Apolo se sienta a la puerta del bohío. El sol está allí, al fondo, muriendo una muerte apacible, malva y rosa.

Tiene que pensar, y para eso mejor estarse quieto. Iría a ver al padre Francisco.

—Padre Francisco, papá dise que nos bamo.

—¿Ah sí, Apolo? ¡Qué pena! ¡Tanto que sabías de catecismo!

Apolo no le dijo que eso era lo de menos, pero contestó:

—Sí, padre.

—¿Y adónde van?

—No sé, creo que a Piná del Río.

—Bueno, hijo, que Dios te bendiga.

Apolo se quedó parado delante de la gordura sonriente del padre Francisco. Un sentimiento de desencanto le viajaba dentro. Se despedía de él así: "Que Dios te bendiga". Él, que había aprendido a ayudar en la misa; él, que había dejado de preguntar; él, que se puso saya de encaje...

La señora Adela lo recibiría de otro modo. Y fue.

—Bueno día.

—¿Qué tal, Apolo?

—Creo que nos bamo pa Piná del Río.

—No me digas, Apolo, ¡qué pena!

—Sí, —dijo retorciendo su dedo en los arabescos de la ventana, mirando al suelo, chupándose el polvo de la punta del dedo, secándolo en su pantalón de azul antiguo...

—¡Tanto que sabes ya! Yo que hubiera querido empezar con el sistema métrico...

Apolo sintió que iba a venir un "Dios te bendiga", o algo por el estilo. Lo palpó en los ojos de la señora Adela.

—La mata se le ba a secá.

—Yo las regaré, Apolo.

—Pero se ba a mojá los pie.

—Dime, Apolo, ¿qué es lo que quieres?

—¡Quedarme! —contestó. Un "quedarme", animado, definitivo, que se encendió en el blanco de sus ojos y en sus dientes, rompiéndole de repente la cerrada gravedad del rostro.

—Pero, no ves, hijo, tendrías que dejar a tus padres y vivir aquí.

—Sí...

Regresó del pueblo al bohío por el trillo más largo. La luna floreció en la noche. Un silencio impalpable caía de las estrellas y acallaba las voces de la palma y el río. Caminaba despacio, como si tuviera los pies amarrados a los pensamientos que le surgían lentamente.

Podría quedarse con la señora Adela. (Allá dentro, en sí mismo, tropezó con una molesta sensación de antes: —que fuera esta persona atenta, exacta, y no su madre cómoda, quien le estuviera esperando...) En casa de la señora Adela, sin mamá Pancha. O irse, y dejar el bohío y la Banda Negra de los Matasiete, y el trillo derramado sobre el campo, como un hilo de sangre... Y mañana, mañana es tan pronto, y ¡hay que irse!

La luz de su bohío, le llegó íntima, saludándole, sonriéndole desde las ventanas pequeñas.

—Apolo, ven, duerme, no pienses más en eso.

Apolo dentro, como la noche fuera: negra y quieta. Su pena dormida.

La mañana se hizo de agua fresca del río, de brisa y luz, y salió riendo por el campo. Apolo despertó; su pena con él. Hoy era el mañana de ayer... Miró en derredor suyo. Saltó de la cama y se fue solo hasta la ceiba amiga. Quería llevarse su parte del tesoro: la mandíbula de buey y las bolas de jugar al chocolongo.

—Vamos, Apolo, apúrate.

Ya era la hora. El carretón del primo Luis estaba listo, esperando a la puerta.

Apolo recorrió el bohío nuevamente. Tenía cara de despedida, vacío, sin las cosas suyas, sin los ruidos de las pisadas y el trajín de mamá Pancha.

—Vamos, hijo, apúrate.

Apolo miró el campo en verde, sonriente, y la palma, como un centinela sobre la llanura.

—¡Apooolo!

Ya era la voz del padre.

Y salió corriendo. Una lágrima rodaba el azabache de su rostro...

GLOSARIO

Almendares: uno de los equipos de pelota de Cuba.

bohío: casa de madera o yagua y techo de hojas de palma.

chicote escondío: juego al escondite.

chocolongo: juego de canicas.

colado: entrar a un sitio sin ser advertido.

guagua: autobús.

guisaso: bola pequeña y redondeada provista de espinas.

Maceo: héroe de la independencia cubana.

mambises: soldados de la guerra de independencia cubana.

maní picao: maní cortado en trocitos.

medio: moneda con valor de cinco centavos.

mete ma guayaba: dice más mentiras.

potro bayo: potro de color blanco amarillento.

sombrero de guano: sombrero de hojas de palma.

tacho: paila grande.

yunta: par de bueyes que sirven para las labores del campo.

qué clase de punzada tienes: estás echado a perder.